오후의 시차

책 만 드 는 집
시인선 207

오후의 시차

염창권 시집

책만드는집

삶의 형상들이 달라져 간다,

사유 혹은 세계는
모습을 바꾸고, 감추기를 좋아한다,
그래서 술래처럼
이곳저곳 찾아다녔는지 모르겠다,

무엇을 형성할 수 있을지는
언제나,
미결인 채로 남아 있다.

2022년 11월
염창권

| 차례 |

2부

3부

4부

5부

6부

※ 이 시조집에 수록된 작품 중 일부는, '토지문화관, 연희문학창작촌, 예버덩문학의집, 글을낳는집' 등에서 제공한 창작실에서 집필되었습니다.

1부

만년필

시간의 몰약 같은 강물빛이 고여 있다,

흡혈의 영혼들이 쓰러져 누운
저탄장貯炭場에

네 혀는 검고 말라서, 수유는 길고 진해서

유리창 가에서

유리창에 부딪쳐 구부러진 빗방울은
기웃이 매달린 채 내부를 들여다본다,

그 두께, 눈시울 밖에서
투명하게 접혀 있다

이파리 몇 날린 뒤로 곧 박명薄明이 다가왔다
세입한 방, 놓고 간 좌탁에 마음 닿는데
흐릿한 말들이 남아 벽지에 수북하다

공중에 핀 빗방울은 바닥으로 몰려간다,
주머니에 손 지른 채 초면인 그를 보내듯

산다고 그리 말해온 날,
꼭 그만큼 멀리 있다.

오후의 시차

오후에 걸었다, 아직 일과 전이었고
시차를 읽어가듯이 난 주위를 두리번거렸다,
잠복된 척후병의 눈빛이
내 안에서 날 겨눴다

구시가지는 총 맞은 표정으로 쓰러졌다
마스크를 쓴 형해가 크게 구멍을 파고 있다
추렴한 영수증처럼 눈앞이 희다, 또 붉다

새 몇 마리 낱알을 쪼고 있다, 딱딱한
바닥에 부리가 좋이 닿는다, 그 기세로
피 묻은 온도가 오른다, 볕 그늘이 성글다.

공중전화

길가에 서 있던 공중전화, 이제 없다
떼어낸 자리에는 파스를 붙인 듯이
회칠된 사각의 공란,
그런 기억 겹겹이

시차를 건너와서 내 몸에 기대일 때,
통신선을 따라갔던 아물지 못한 종적이
아프게 또 왔다가 간다,
점선으로 이은 곳에

눈발이 붐비고 있었는데, 그 불빛 밑
슬픔을 켜놓은 상자 안에서, 수화기가
매달려, 안 보이는 말을 공중에 쏟는다.

귀래*에 닿다

길 위의 그림자가 뭉쳐진 주먹 같다
그리 눈물 닦으면 한참을 더 울 수 있겠다,
마음에 돋아난 처량, 겹겹의 능선이다

내 외롭고 작고 비천한 날, 고개 넘어
너는 오더라도 날 못 찾고 묻겠다,
눈물 맛 재운 날 보고, 그가 아니라 하겠다

흐린 날 두 그림자 더욱 묽게 버무려지며
이번 세상 어쩌다가 일찍 날이 저물었다고
다음에 좋아보자고, 그리 멀리 떠났겠다.

* 歸來/貴來. '貴來'는 항복하러 오는 경순왕貴人을 맞이한다는 뜻에서 붙인
지명.

간판
– 여행자의 골목 1

낯선 말이 내부에 침투하기 시작했다
부음이라도 받은 듯한 명조明朝 도착의 거리였다
침울한 간판 밑에서 쇠 냄새를 맡았다

성당 옆 편의점은 24시간 점멸 중이다
필기체는 쥐꼬리만 한 뒷맛으로 남았고
묵중한 고딕체 문은 완강하게 거부했다

길바닥을 구르는 신문 쪼가리 같은 날들
스튜디오 'Who am I' 네온 빛 너머에는
해독이 정지된 언어로 어제들이 걸려 있다.

맨홀
– 여행자의 골목 2

점액질이 흐르는 도시의 하복부에서

얼굴 하나 갓 솟은 꽃처럼 떠올랐다, 지하관을 따라가다 모서리를 잃었는지 길바닥을 굴러가는 바퀴처럼 위태했다, 생애의 자궁 속으로 울음을 쏟아붓는

구멍을 매달고 있는 검은 꽃잎, 입술들!

철제 난간
– 여행자의 골목 3

트랩에 오르기도 전, 후각이 다녀갔다
은회색의 감촉이 손바닥을 스쳐 간 듯
뭉뭉한 젖비린내였다, 그리웠던 낯선 몸의

계단 밑엔 공복이 벌겋게 꽃피었다
다 닳은 몸에서 짜낸 혈액의 성분으로
일몰이 흩뿌려졌고, 저묾은 곧 어두웠다

영혼을 투과하는 툰드라의 바람 같은
쇠 냄새를 맡은 건 네 가파른 몸에서였다
비탈진 몸을 숙이고, 너를 앓는 밤이다.

밀국수
– 여행자의 골목 4

길게 몸을 말려보는 날들이 많았다

  짧게 다진 햇볕에 꽃비 잠깐 얼비쳤다, 진득한 허기가 길 밖
으로 몰려올 때 기다림은 국숫발처럼 장대에 가지런했다, 그
걸 이어 붙인 구불구불한 신호음을 따라가면

  물 불어 퉁퉁한 공중, 눈 묽어진 봄이다.

칫솔
- 여행자의 골목 5

입술이 꽃잎처럼 오므렸다 펼쳐진다
이 구멍은 날 끌어, 당기는 표정이다
몇 차례 마음의 공중을 건너온 듯,
붉어져서

눕혀놓은 길 위에서 서성이다,
어둑해진
섬모처럼 조금씩 닳아가는 나날들
모근이 휘어지면서 생각들을 솎아낸다

누구든지 제 생애의 길을 간다,
죽도록
입 안에서 길 하나 쏟아져 나올 때까지
빨대를 꽂아놓은 관管,
내통이 길고 진하다.

송전탑
— 여행자의 골목 6

돌아보는 날 많아진다, 갈수록 더 그러하다

 묵중한 잿빛 행렬이 마음을 끌어당긴다, 양팔에 긴 철선을
꿰어서 잇댄 것이 죄수가 아니면 수도승 무리 같다, 평원 지나
거친 숲에 솟아오른 발목들 수천이 모여 묵묵히 도열을 시작
했던

 발원지의 너, 라는
낙차 큰 발전소, 감당 못 할 수량에 수직 허공이다

 거듭된 추락 앞에서

 일몰 또한 벅차다.

가판대
─ 여행자의 골목 7

신어보지 못한 길이 나란히 놓여 있다

배고픈 혓바닥 같은 회색빛 쪼리가 먼지를 탁탁 부쳐대며 다 닳은 길 핥고 간다, 진열된 몇 켤레의 샌들이 나를 본다, 병든 것이 마음인지 너덜대는 육신인지 내 살아온 문수까지 재어보는 표정이다

공복空腹인 혀의 길이 멀다,

또 갈아 신는다.

버스 표지판
– 여행자의 골목 8

못 박아 둔 내 생활이 사소한 것처럼
구부러진 목을 하고 허공 한쪽을 파고 있다

구멍을 뚫는 이 기다림,

넌 그렇게 왔다 간다.

2부

간격

어쩌다가 눈물을 싫어했다,
축축하게
매달리는 애착과 상실감의 틈입을

멀거니 지켜보았다,
그것으로 아팠다.

만난 적이 있는

눈길 스친 길 건너편에
어제가 서 있다

보도블록 들뜬 곳에서 어제가 새 나온다
고개를 밀어 올리는 풀꽃 입술 참 가물다

장례식장 입구에서 어제는 문을 열고
눅눅해진 대소가의 기착지로 빨려든다
그녀는 느개 속에서 걸어왔다, 그러려고

바람에 날아가던 씨앗들이 떨어진 곳,
조금 더 날았거나 못 미쳤을 행선지에서

오늘은 가문비처럼
거뭇한 옷 입고서

며칠 뒤다

달력이 아직 그 자리에 있다, 넘겨본다
그때 일이 분명해지며 활공을 마친 새처럼
그 빗금 부욱 뜯긴다, 추락하는 날짜들은

발등에 검은 재가 묻어 있다,
해의海衣처럼
얇아진 인피를 입고 출근한 밤이었다,
널 잃은 기억이 찾아와 갈 곳 없이 머물렀다

출근과 퇴근의 교차점에 선 노을빛에
단추를 채운 밤이 노랗게 반짝였다
길에선 돌보기 힘든 슬픔들이 모였다

단추 끄르는 소리에 깨어보니 빗소리였다
그 소리는 쌓이지 않고 가만히 돌아섰다
그곳에, 내 단추 여럿이 떨어졌던 것이다.

야외 침낭

꽃을 본다,
활짝 핀 네 얼굴이 화관을 썼다
눈물 난다,
올 때나 갈 때나 관槨 속 길이니
둥글게 몸 밀어 넣느라, 추운 날 애쓴다

중력장을 벗어나면 시간의 길 휘어진다
물관부가 부풀어 오른 봄밤
관棺 열리자
일순간 우주가 왔다 갔다, 넌 피었다 진 뒤다

까마득히 멀어져 간 행성의 뒤를 따라
빨대를 꽂은 저녁이, 방주가 빨려든다
어둠이 부풀어 오른다, 둥 둥 떠간다.

12시의 이별

불 꺼진 광장으로 어둠이 밀려들었다,
숙소로 돌아가는 언덕길에 스멀거리는
갑자기 낯설어진 몸, 그의 냄새 맡는다

차갑게 뭉쳐진 쇳빛 공기 속에서
끝 숨을 파닥이던 낮이 발기를 풀었다
시간의 분기점에 선 네 얼굴이 파리하다

돌려보낸 그림자에 따른 냉담한 자책으로
납빛 창문 닫아걸면 흰 절벽이 일어선다
물 불은 우표와 같이
긴 밤을 떠서 간다.

밤의 전설

한 여자의 그늘 밑에 여름이 머물렀다
못물엔 침례 중인 길이 여럿 떠올랐다
나무는 몸을 뒤집어 물의 집을 다 지었다

숲에 든 어둠이 슬슬 몸을 가려주던 날
밤안개 빗장 풀고 뭉텅뭉텅 밀려들었다
몸 안에 기르던 달빛이 큰 똬리를 틀었다

눈 감으면 붉은 혀 꿈틀꿈틀 살아나서
생피 솟는 성냥처럼 몸빛이 반짝거렸다
익명의 어둠이었다, 가지가 툭 부러졌다.

꽃 피어 지기까지

널 껴안은 하늘이
눈 뜨겁게 밝아오더니
말과 말,
음절과 음절 사이 틈이 생겨
정수가 아닌 무리수다
숭숭한 구멍들은

셈법을 감춘 년,
꽃 피면서 시끄러워졌다
닿을 듯 말 듯
아찔하다, 낭자하다,

회임의 상처 깊게 팬다,

벌써 다른 계절이다.

습관성 이별

꽂아놓은 꽃에서 홍어 삭힌 냄새가 났다

가까이 둔 죽음처럼 시간이 시들거렸다

붉은 입, 곳곳에 피어 무섭고도 유독有毒했다.

아무것도 아닌 날, 네가 보여

희미한 풍경 뒤엔 눈시울 깊은 네가 보이지

문 앞에 느낌표처럼 서 있어 넌 언제나, 정해진 건 없지만 먼저라는 말은 일종의 배신, 더러워진 운동화에 땀에 전 셔츠 차림으로 꼬리를 잘라내듯 마을 밖으로 나와서, 찌그러진 물병처럼 길바닥에 부어졌지, 얼마 뒤에 너도 결국 따라나섰겠지만, 아무것도 아닌 형태로 마주쳐야 할 도시에서 아무것도 아닌 성분을 바꿀 순 없었어, 그날 이후 널 못 만나 시간을 놓쳤거든,

네가 날 지켜본다 해도, 아무것도 아닌…

추억은 도사Dosa처럼

여행 중에 인도에서 나눠 먹은 건 도사였다

마살라, 니르, 라바 도사 중 어느 걸 먹었는지, 그 움푹 꺼진 얼굴로 날 불러 세울 때 나도 움푹 꺼진 목소리로 응답했다, 낯선 곳에서 아메바에 감염된 짐승처럼 소를 넣은 도사처럼 몸피가 축축했다, 다크서클, 몸의 누수가 진행되는 증거리라, 그믐달 문양이 떠오른 얼굴 건너 깊어진 동굴 저쪽에서 눈빛 둘이 반짝거렸다

몇 광년 떠돌다 온 별빛, 카레 냄새 풍겨온다.

언젠가는

을숙도에선가 넌 내 입술에 이를 맞부딪쳤다,

"괜찮아요?" 서로가 센 목소리로 걱정한 뒤, 우리는 덜컥거리는 관절을 운반하듯이 새를 보러 갔다, 나이스 맨 나이스 걸, 통용될 수 없는 언어로 서로를 설득했다, 하류下流의 풀숲에 몰려 있는 페트병들, 밀집된 공기가 붕붕 공중을 떠다녔다, 아름다운 당신, 닿지 못했던 우리의 퀸, 먹먹한 뇌성이 지나간 듯 귀 어두운

아무도 흉내 낼 수 없는, 그 기억들 속에서

갚는다는 말

갚을 때 덜 갚으면 그 여분이 꼬리 문다

감당 못 할 인연이 거듭 또 쌓여간다 그러다가 인생도 저물
어 쪽박이다 부모가 그렇고 사랑이란 말 그렇다,
반 푼어치 어림 간격 점점 더 확연해진다

죽도록 널 갚지 못하니, 살다 살다 풀 죽는다.

강림2길*에서
−상강 무렵

밤사이 쓸쓸해졌다, 클로버의 잎이 희다

누군가는 오고 누군가는 간다, 서리 비낀 잎 녹이며 눈물 자
국 번진다, 난 간다, 그런데, 누가 오는 거니? 조금씩 녹으면서
발짝 소리 멀어진다

네 입김, 강 안개처럼 피었다,

따뜻하다!

* 이곳에 '예버덩문학의집'이 있다.

3부

하루

가을은 喪中이었다
검은 구덩이 새로 파였다

여기까지 온 것만도
애썼다, 말 건네듯

저녁은 눈두덩이 부어 한참을 서 있었다.

주유소 불빛 아래서

한밤의 거리에는, 유령이 지나간 듯
미열의 별빛들이 우수수 떨고 있다

감정이 사라진 뒤에야
몸이 따라 죽는다

기억을 꺼내버린 유기체의 원소들이
연료통 속으로 천천히 흘러들 때,
조금씩 부스러지며 꺼져가는 감정선!

은하계 너머에서 몸을 잃은 여행자는
시간을 앓다가 잠시 먼 곳을 바라본다,

나, 라는 통속이 지워진, 영원이
또
다녀갔다.

행적

물가의 발자국이 벗어놓은 신발 같다
맨손이나 맨발이나 보폭은 늘 같았다
물길을 거슬러 올라간
그 시간이 부풀었다

길 밖의 길을 찾아 냉기류에 몸 섞을 때
날개 밑에 숨겨둔 건 밀항의 의지였을까
몸속의 곱자를 꺼내 수평 너머 그려봤다

어수선하게 쏠려 가는 거리의 발자국들
성채城砦의 길을 찾아 새의 발로 날아간 뒤,
후문이 들리지 않는다,
신발짝에 꽃 핀다.

접힌 부분을 읽다

밤새워 뒤척이는 책이 있다, 못 읽고
사선으로 접어둔 엊그제처럼, 넌 언제나
섬이다, 바라만 보는 불가촉의 길이다

중천장은 누렇게 변색이 돼갔다
항우울제 프로작은 쥐오줌풀이 주성분인데,
읽어도 갈증인 길에서
넌 자꾸만 실종됐다

기억의 모서리를 더듬어 널 찾아낸다,
아이들이 살다 간 깊고 푸른 방 안에서
생활의 밀교를 치르듯 중심부가 뜨거운

축축해진 감정선, 그 불온성에 감전되어
타들어 간다,
접선, 접선, 나는 너, 너는 나다,
오, 춘풍,
번쩍이는 뇌우, 새로 돋은 별빛까지

그곳으로 돌아온, 그는

문은 열려 있었다, 슬레이트 처마 밑에
그 풍경은 내색 없이 그 자리에 서 있었다
기억은 목이 쉬었다, 넌 올 줄 알았다고

빗장 풀린 길 안쪽에 또, 길이 있었다
그곳에서 발원한 두 강물이 곧 닿았다
가을의 혈관 속에서 풀 냄새가 흩어졌다

멈춰 선 건, 그의 발이 아니라 의지였듯
길바닥에 흘리고 온 발자국은 멀어졌다
구두를 벗은 말들이 씨앗처럼 쏟아졌다.

부음

계절의 끝이었을까,
밀어닥친 추위였다

마감일을 넘기고 난 사물들은 풀 죽었다

상처를 꿰매는 실 끝에
상엿소리 따라왔다.

감추어놓은 전생에서 이별

눈자위에 흰 달걀 두 개를 놓아둔,

네 감은 눈 속에는 갈대숲과 길이 있다. 처음인 듯 잡았던 손 놓친 뒤 길 갈리고 멀리서 넌 울었다 소리 없는 울음을, 나는 너의 날달걀 눈을 열어줄 수가 없다 비와 눈과 구름이 그 안으로 몰려간다. 널 위해 숨겨놓은 둥지는 어디 있을까

음이월 하늘 밑에는 새가 춥게 떠 있다.

감추어놓은 전생에서 너는

꿈속을 달려왔다, 가을밤의 빗소리

흙을 덮고 누운 채 네게로 가는 중이었는데, 바람에 너는 잠깐 휘었다가 쏟아졌다, 네게서 온 맑은 물이 살 틈으로 흘러갔다

물결선 출렁이는 날
어디서든, 너는…

감추어놓은 전생 같은 날

물속 길을 떠돌던 퉁퉁 부은 꿈이었다,

몸이 아픈 여자가 물 밑에서 떠올랐다, 그 희미한 얼굴에 스
민 통증의 문을 열고, 마른 기억 들쑤시는 야적된 무덤 곁에서,
손가락이 긴 여자가

안으로 숙어든 혀로
아아 더는, 살리지 마…

냉담이 물끄러미 서 있었다

어둠은 아직 서쪽 어둠을 향해 몰려갔다
기차는 떠났다, 플랫폼을 스치며
상처가 긴 터널을 뚫는다, 행선지가 또 어둡다

당신을 찾아온 이곳은 십 년 전이다,
두툼한 어둠의 봉투 같은 객석에는 섬세한 누벨바그, 감수
성이 접속된다, 희붐한 새벽빛이 철길을 밀고 나갈 때 평행으
로 이어진 슬픔, 그걸 통과하는데
날아든 새 울음소리가 묘석 위로 떨어진다,

외등을 켠 눈빛으로 널 찾았던 기억처럼
십 년의,
딱딱해진 척추를 펴며 일어설 때
흐릿한 입간판 너머로 눈발이 붐비는지

영화관 귀퉁이에 냉담이 서 있었다,
갸웃이 일어서던 지평선이 잦아들더니, 후각과 촉각이 저지
르는 진동음은 가상이 아니었다, 실물 그대로의

싸늘한 스크린 밖에서
감정을 쬐며 녹였다.

지연된 일상들

극장에선 예고편 없는 스크린을 내걸었고,
손님이 들지 않은 썰렁한 낭하 밑에서
한동안 백색증*을 앓는 맹인처럼 허둥댔지

스크린엔 묵묵부답 흰 눈발이 쏟아지는데

'지연된 일상들'
이 사건은, 은유라고!

실존은 감염되는 거야, 더럽혀지는 거야

몸이 가진 실존을 팝콘처럼 튀기면서,
식당은 폐업을 접었다 폈다 하고
도시는 실어증을 앓는지, 마스크를 쓰고 있어

나뭇가지에 매달린 얼음 불꽃,
딱딱해진
그 냉기를 쐬려고 내 더러운 손을 폈지

세상을 향한 묵념이, 마구 터져 나왔어.

* 주제 사라마구의 소설 「눈먼 자들의 도시」에 나오는 실명의 증상.

액자 속의 냉담을 보았다

창밖으로 겨울새가 빠르게 날아갔다
그 기세로
물갈퀴가 딱딱하게 휘어졌다,
선반에 얹어두었던 약속이 떠올랐다

나는 그 유리창으로 다가가 손을 쬐었다
코호트를 열고 나온 그 표정이 뚜렷해서
성에 낀 얼굴 옆에다 명복, 이라 낙서했다

냉담은 추위를 녹이는 감정이다
울고 싶었으나 차갑게 웃어넘기듯,
물속을 걸어서 오는 죽음의 일상성!

소와 함께 걷다

이서에서 걸어오는 소를 만난 지 오래됐다

소는 아직 사람 말을 알아듣고 있었다

흰 뿔이 각남에서 돋아 각북까지 밀고 갔다.

4부

그믐

내 손톱엔 달이 뜨지 않는다,
명 짧은 길
밖을 향해 울음을 열어둘 문 없으니

저녁이 파닥이다 진다,

꽉 다물린 밤의 입구

증심사 가는 길

산밭에 묻어둔 수저 한 벌
배고플까,
비탈진 생각은 저문 강을 다 건넜다

네 간 곳, 차마 묻지 못한다
찬 빗돌을 올려준다

돌을 쪼아 탑이나 부도를 세운 곳은
그 중심에 고요의 심지가 꽂혀 있다
흰 실을 붙들고 피는 꽃
젖은 몸이 뜨겁다

너라는 절 하나를 마음속에 지은 뒤로
시들지 않는 꽃이나 죄가 자꾸 피었다

오후의 불티 속에서
증심證心에 핀, 꽃잎들!

약국

할머니 약, 지으러 갔을 때의
그 어린 날
그 고통과 하소연을 기억하려 애쓴 후에
속으로 부끄러운 증상을
말로 바꾼 후에야,

이웃 어른 험한 모습 떠올리기도 했는데
그 말이 갖는 처연함이 내 죄인 듯 여겨져서
늘 나만,
심부름꾼 대우에 눈물 찔끔거렸는데

손쓸 틈 없이
시간의 미약媚藥은 빠져나가고

에둘러 말한 세상의 증상은 다 무엇인지

내 몸에 붙은 처방전을
접수하려 줄을 선다.

손 없는 날

산 사람은 이사를 하고
죽은 이는 이장을 한다

속이기로 한다면 오늘이 그날이다

달력에 없는 날이니,
넌 울고 갈 것이다

속임수를 알아채는 귀신같은 애인이여

모르는 사이에 바뀌어져 찾지 못하는

숨겨진 슬픔으로 남아
조금씩 더 커가는

숨겨둔 날을 인정하는 방식

　당신을모시고간삐뚜름한우산속에그반쪽의기운곳에흰얼굴
이숨겨있어한참을주머니속엔듯더듬으며오는데

　그때서야,
　사진첩을넘기다가눈물맺던칩디치운마음속을구르던그사람
이눈에는안보이게감춘사랑인줄알고서야

여름 강물에 몸 부시듯이

어느 옛 절, 아주 어린 땡중이 살던 절에 늘그막 다 된 중이
백 년 넘은 독 부시는 일 힘들다, 생각하고는 그 아랫것 시켰
는데

엄마야,
이른 새벽 멱 감으러 나갔는지 느티나무가 홀린 말 엿들으
러 갔는지 빛으로, 몸 갈아입는 나무들에 넋 놓다가

그 귀신 물린 독을 박살 낸 땡중이 무엔가 홀린 듯이 텅 빈
적막 들여다볼 때 햇빛에, 반짝여 오는 슬픈 것들 우련하여,

마음속의 진동음이 터엉 텅 두들겨지며 우주의 씨 날줄이
빈 독처럼 휘어져선 몸 가는, 문 앞에 써 붙인 염불처럼 글썽
이매,

아, 그 그 마실 돌아오는 길섶에서 우주의 실 끝 같은 진동
을 붙잡고선 늦도록, 몸 부신 것이 깨진 독만 같아서

정방폭포에서 소년이 본 것은

백록을필두로한분화구의화염속에골짜기들이연달아서새로
길을냈더니산굽을마구돌아든물줄기가쏟아지며

껑껑,놀던산꿩들이달아난뒤에야쭉쩨진비탈위를올라탔다굴
러들면서침묵을건너지르는장정들의함성으로

장작패듯빠개놓은너즐너즐한벼랑가에천둥치듯달려온싱싱
한물어깨들이몸국을확엎질러버린그첫날의햇비린,물!

오동꽃 필 때

보랏빛 요령 소리, 오늘같이 시들어간 날

혼자서 그 길 걸으리

언제나 넌 멀리 있지,

얼굴에 꽃 진 자국을 숭어리째 건네줬지.

저녁의 안쪽

바람은 면전에서 부드럽게 흩어졌다

음악가는 연회장에 불려 가지 않았다, 이명조차 꺼진 뒤론 면책만이 유일했던, 내면의 출렁임이 조금씩 몸을 흔들었으나 소낙비가 임종 맞은 듯 조용히 지나갔을 때, 기억 속에 쑤셔놓은 음표들이 일어섰다가 오선지 위에 쏟아지면서 대위법을 이루었다 밤과 낮이 갈린 곳에서 합창곡*이 들려왔다

천천히 떠오른 별들이 건반 위에 뚜렷했다.

* 루트비히 판 베토벤의 교향곡 9번.

겪은 일을 생각하다

해묵은 붕어가 물낯바닥을 차고 오른다,

앉았던 자리에 햇살 어린 魚鱗 일렁인다, 그 낌새에 의자가 가려운 곳 털어내듯 왕버들 그루터기의 이끼층이 두툼해진 곳, 휜 가지가 제 그림자에 닿을 듯, 그만둔다,

늪가의 어제의 어제가 굵어졌다,

퍼렇다.

그 꽃들을 보다

윗동을 싹둑 자른 배롱나무 묵묵하다,

4월 햇빛이 그 자른 부위의 이끼 핀 곳, 문지르니 그 뭉툭한 뼈마디로 에워싼 안쪽의 공기층이 뜨겁게 맴도는데 무슨 기별이라도 있는지 새 날아들어,

내 눈에 안 보이는 한 겹 그물을 뚫고 간다

마구잡이로 우듬지를 잘라버린 것들이,

예의 그, 안 보이는 공중의 그물에 초록초록한 가지를 드리우기나 한 것처럼, 소란한 지저귐과 햇피 같은 그리움으로 발갛고 또 맑게 번져오던 붉음이 여태까지 백 일 넘게 타다가 이운다,

안으로 거두었던 말의 눈시울 또 붉겠다.

구름 아래를 걷다

어떤 날은 흐렸다 쏟아지다 엎어진다,

비/비/비/ 장대비 숲길을 뚫어놓는다, 그쪽으로 퍼렇게 일어서는 구름의 독기! 머리통을 열어놓고 들쑤시는 손가락들, 하수구로 기어들기까지 길고 무성한 생욕生慾의

가지를 뻗어내는 몸,

달라붙는 잎/잎/잎…

객석

    은색의 박막 위에 벗은 살이 비렸다 방사된 얼굴 아래 시간의 늑흔勒痕 같은, 질환이 퍼렇게 날인되자

    야생의 몸 들끓었다.

5부

바닥

등나무 밑 구부정한 그림자, 줄 묶여 있다

걸으며 애써 끌고 온 생애가 빌붙은 듯

밑창이 닳은 길에서 만난 공중 —

아찔하다.

이 거리의 쓸쓸함을 말하지 않기로 했다

이 길을 걸어간 사람을 알지 못한다
이 순간의 행적도 곧 단서 없이 사라질 것
그 꽃이 상했는지 어떤지, 나밖에는 모른다

길이 가진 내부의 문제와 무관심을
탁, 탁, 소리를 반사하는 신경증을
견디며, 걷고 있을 때 반향 되어 떠도는 것

수소문한 그 꽃이 날 기다리다 저물어도
내 미처 닿기 전에 떠난 뒤라 할 것이니
비껴간 햇살 뒤쪽이 더 어둡다 할지라도,

어제라는 그녀의 얼굴을 지웠다

끝이 물린 옷자락이 문틈에서 파닥거렸다
부스에서 나온 넌 말없이 돌아섰고
한밤의 선로 위에는 외등이 켜져 있다

오던 길 돌아보면 새 발자국 찍혀 있다
살아온 내색을 하며 쓸려 가는 가랑잎들
불운을 빠져나왔는지 손바닥이 다 닳았다

심야의 종소리가 낯선 냄새를 몰고 왔다
길바닥에 엉겨 붙은 그림자를 떼어낼 때
전라全裸의 수치를 끼었은 채
네 얼굴은 닫혔다.

길거리에서의 용서

그날 그 거리에서 널 만난 건 심한 불운,
시간의 틈을 비집고 치사하게 난 웃었고
약속이 성립되지 않은 악수를 주고받았다

— 꽁초를 비벼대던 보도블록 깨진 곳에서 민들레가 꽃을
달고 표정을 바꾸었으나 아무도 이 거리의 변화를 알아채지
못했다

— 비정규적 생에 관한 종단적 연구라는, 논문을 제출하든
가 하려다 말든 간에 뒤따라 걸어간 이들이 길을 자꾸 헛돌았다

그날 이후 널 잊으려 했는데
또 다가왔다
가식적인 거리에서 다시 만난 상처였으나
희망을 둘 곳 없다, 는
그 말이 날 찔렀다.

세면대

밖에서 본 건물은 낡고 병든 몸이었다
갈라진 회벽을 타고 오른 넝쿨들이
부서진 창문 안으로 손을 밀어 넣는다

수채통에 쑤셔 넣은 기억들이 일어선다
직사각형 세면대에 벌건 피 번져가던
고문과 족쇄의 통증이 무릎 아랠 훑고 간다

안으로 첩첩이 닫힌 문들, 그 굴종을
배수관 저 아래로 천천히 흘려보낸

검푸른 시간의 폐쇄지,
빈 수전水栓만 남은

* 광주국군통합병원에서.

그의 시선들

복도에 서 있었다, 언뜻 말을 걸어왔으나
형형한 눈빛은 등 뒤에서 꺼졌다
늙어서 밝아진 것일까, 그림자가 없었다

발굴을 기다리는 소문들이 모여들어
눌어붙은 그의 등을 떠메고 나올 때
지상의 탄착점에는 구덩이가 파였다

펴지지 않는 손과 입을 다문 말들이
만개한 허공에서
복도를 빠져나온, 질문이 흘러내린다
뒤를 읽는 눈이 있다

어수선한 전깃줄 밑 친친 감긴 시선들
잠시만 틈을 주면 존재가 꺼질까 봐,
결말을 유보시킨 채 서류함에 넣어둔다.

날계란을 깨뜨린 적이 있다

봄기운이 올랐는지 풀밭에서 비린내 난다
그 여자가 지나갈 때 나는 문득 뜨끔했다
막 거둔 날계란 같은 氣를 흠뻑 모셔 온다

마유 짜는 유목민은 그 체취가 누릿하다
곳곳에 얼룩 묻히며 살아가는 생혈의 몸,
비린내 걷힌 얼굴엔 누룩꽃이 피고 있다

그리움엔 치명적인 독기가 묻어 있어,
낮달이 뜬 골목에서 생선 냄새 풍겨온다
숯불에 올린 저녁으로,
내 당신의 완경完經으로

복제a

그는, 외진 길가에 잠자코 서 있었다,

그의 얼굴은 반사된 거울처럼 병렬되거나 무한수열로 증강
된다, 기원의 형식이다, 피동성의 징후들이 얼굴에 흘러내린
다, 아담, 너는 내 안쪽에서 자라고 있다,

혼자인 목젖이 붉다,

말 없는 말 낳는다.

복제b

장례식에 참석한 건 그녀의 自己였다,

조등 켜는 여자의 어깨가 흔들렸고 그림자의 만장이 발등에서 나부꼈다, 가지 끝에 매달린 추도사가 쏟아질 때 기억에 남긴 얼굴은 죽은 이의 것이라는, 앞 강물 부서지듯 큰 외침이 다가왔으나 수술대엔 벌겋게 심장 뛰는 소리, 겨울의 혈관이 이식되고 있었다,

눈밭에 떨어진 얼굴은 줍고 보니 그냥 b였다.

밤 9시

그곳에서 보자 한다, 기다려도 한참 멀었다

날 캄캄 어두워지며 그믐이 몇 번 다녀갔다

마음의 파장罷場이 들어선, 그 후에야

넌 온다.

조서調書

숨어 있던 치욕이 다른 치욕을 겁탈했다

눈구멍을 쑤신 듯 붉어진 창틀 밑에서 죽은 나무 건너가는
바람처럼 쏟아질 때 잠자코 저울을 가리키던 기록관이,

여기에 올려놓는 거야,
너도 그걸 잘 알지?

그가 뚫어둔 구멍으로 세상이 흘러들었다
분해된 거울 앞에서 과거를 짜 맞출 때

내 입이
배수관처럼 뱉어낸

저,

눈알들!

너는 백야라는 알약을 삼킨 것처럼

꺼지지 않는 어둠은 없어

예전의 그인 죽었고,

술과 폭행과 잔소리까지 끄고 갔지 스위치가 딸칵, 밤 빗소
리 위로 떨어질 때, 그때부터 어둠은 켜져 있던 거야, 죽음은
접선을 바꾼 침묵이지, 그쪽으론 수다스런 말들이 넘치겠지만
이쪽으론 어떻게든 새어들지 못해서 그래

이번엔 호흡법을 써보자고, 4, 7, 8, 그렇지 영원에 이르는
방식은 간단해, 숨을 들이거나 날숨을 내보내다가 그래그래,
천천히 천천히 딸칵, 소리에 닿을 때까지, 넘치는 의문들이 밀
봉된 후에야 넌 완성되는 거야

슬픔 애착 따위 몸에 핀 불꽃 시들어가고 미열의 기억조차
희미해져선

그 후로 한참 뒤에야, 널 끄고 싶다면

까마귀의 숲

발 앞에서 떨어진 새 울음은 비탈졌다,

이때의 한 존재는 시선 속의 그 사람이다, 그 시선을 거둬들인 까마귀의 접사경엔 접우산을 접었다 펴듯 풍문이 번져간다, 시선의 방향성이 예고하는
빗금처럼

쭈뼛한 발목의 길 끝, 일몰 또한 가파르다.

6부

섬

침상 위의 그녀는 태아처럼 웅크렸다
자신을 껴안은 채 등 뒤로 말을 받았다

알 속의 생이 웅얼댄다,

몸 낳을 듯 축축하다.

마른 갈대에 내리는 비

유리창 안쪽에서 날 내다보고 있었다
그 사람의 눈 속에서 걸어가다 나왔을 때
천변의 살얼음 낀 곳에 그 얼굴이 어른댔다

물가에 선 갈대 군락의 발목이 거뭇했다
노인처럼 한쪽으로 낮고 길게 휘어졌다
무거운 빗줄기 속에서 무언가를 기다리며,

그을린 불빛

부옇게 켜져 있는 세탁소 문을 열고
안색이 어두워진 그림자를 털어낸다
길 위에 오래 따라온 재봉선이 희미하다

홑겹 옷이 몸을 벗고 너울댄다,
날아갈 듯
보폭이 기울었던 바짓단은 다 닳았다
조도를 한껏 낮춘 외투, 창유리에 걸린다

탕진했던 약속을 줍듯
길은 늘 굽어들었고
촉이 나갈 때까지 알전구로 매달아 둔
그을린 심지로 돋은 나비 날개, 까맣다.

뒷개*에 내리는 비

골목은 예전처럼 축축하고 비렸다
어판장이, 안 보이는 곳에서 내색하듯
안개는 비린 입김으로 길바닥을 덮는다

그를 다시 만나볼 것 같지 않다,
가버렸다
노인은 주차선에 제 그림자를 맞춰본다
일행은 떠나버렸고, 텅 빈 네온 일렁인다

난 우산을 펴 들고 자세를 고쳐 잡는다
구획된 선 안쪽에서 빗방울을 받아내듯
뭉쳐져,
희끗하게 덧씌운 테두리가 날 에운다

기억이 기억을 좇듯 발목으로 따라가는
노안老眼이 노안老顔을 들여다보는 행적이여,
앞서간, 그의 뒷모습이 질퍽질퍽 젖어 있다

* 목포 북항 지역의 옛 이름.

한 줌

가문 햇살 비껴가던 시멘트 벽에 씨 맺혔다
흙먼지 모아 뿌리 박고 퍼질러 앉았던 곳
겨우내 시든 풀 줄기가 허리 굽은 장모 같다

쪽방에 세 든 몸들이 이불깃을 당기면서
이곳 너무 좁다고 이사 갈 곳 찾아보자고
담벽을 기어오르다가 엉성하게 말라붙은

그 잎들이 차가워진 겨울을 다 넘긴 뒤에
눅눅해진 몸 허물어 먼지의 품 넓혀가며
너희가 깃들 방이야, 뿌리를 내려봐.

꽁초

갈증을 그어대는 입술에 핀 불의 혀
까맣게 타들어 간 자학의 연기 속에
자꾸만 짧아지는 길, 그 갓길에 팽개친

씹다 버린 껌처럼 달라붙는 생업의 몸
질겅질겅 밟아대는 맨바닥에 엎드려서
끝끝내 증언하듯이 노려보는 표정들

공평한 보상 체계는 세상사엔 없는 거라
거두어줄 손길 없는 노여움을 삭이면서
저기 저, 가문 하늘만 쳐다보고 있는가.

빈 접시

  어슥한 새벽빛이 파지처럼 구겨질 때 맨 나중에 흘려 쓴 이름은 중강진이다, 설원雪原에 영 닿지 못한다,

  거듭 이런 공복이다.

키치*에게 당하다

그래서 어쨌다는 건데, 이러언 십할 가짜라고?

 오늘은 남겨둔 냄비를 덥혀 먹었지, 위증이 통할 만한 구체
성은 방법론이다. 그 말을 첨부터 몰랐던 건 아니지만, 한번 했
으면 접어야지 자꾸자꾸 써먹을래? 지라시 같은 네 웃음이 뒤
통수에 붙었다고, 아, 그 입술 연고는 또 연역적이야, 들통났어,

 큰 입이 건물 벽에 내걸린
 오늘같이 더 어른 날은

* 싸구려 상품술(한나 아렌트).

선지자가 숨어든 사원의 벽에는

유일하신 전능의 명령자인 하나님께서

그 뜻을 설파하려 선지자를 보냈는데, 사탄의 군사보다 그 숫자가 적었더라, 그중 몇은 굶어 죽거나 싸우다 죽었고, 한 선지자는 이방인 제자를 두지 못하던 중 갑자기 방언이 터진 그 고장에 선을 긋고 사원을 건축했더니 회를 바른 흰색이더라, 그 밑으로 한 명을 두어 총회를 맡겼더니 가는 곳마다 사탄의 군사가 진을 치고 있더라, 잘못 뽑은 그 제자가 또 그들의 편이라, 방언으로 탄식하던 중 본래 말 찾아 눈 돌리니,

회칠한 그 무덤 속에는

어둠 가득 피었더라.

구멍에서 구몽口夢으로

1.
그곳에서 튀어나와 말이 되거나 욕이 된다

척후병처럼 민감해서
놓치면 곧 파산이다

그래 넌 의무를 다했어, 하지만 좀 어설퍼!

2.
— 졸라
"그니가이유없이당신에게ㅈ같이굴면/썸못태운당신이나썸
못타는그니나"/둘중에하나는졸라,ㅈㄹ같을거라는

— 해석공동체
화란和蘭에선 머리 높이에 해수면이 걸려 있어, 한 소년이
제방 틈에 팔뚝을 꽂고 죽었다
물 새는 지옥이 따로 없다

너네 멋대로 하세요^^

— 붉은 혀
그곳을 쉭쉭쉭 지나갈 때 자지러들면서
그래그래, 됐어됐어, 그만그만, 소리친다

혀끝은 착란하였다
혼종의 피 뜨겁다.

침전하는 방

한낮의 고요가 중정中庭에 가득하다,

비쭉 솟은 나무는 그의 잎을 다 지운 후다, 그 높이의 한 뼘 위에 눈길이 머무는데, 링에서 갈증을 뱉어내는 복서처럼, 당신의 몸은 발효를 진행 중이다, 통증이 건너갈 때 쭈그러든 부대처럼 길은 똬리를 튼다, 병실의 밖은 없다, 무릎으로 지탱하는, 흔들리는 방의 밖은, 다시금 말라붙은 나무의 링이다, 그 바깥엔 관이라는 빈 병이 놓여 있다,
이처럼 전두엽을 흘러든 기억들, 흔적 없이, 자아는 거의 도달, 발효된다,

죽음은 마지막 잔이다, 생 전체를 통음하는⋯

고립된 사랑

몇 사람은 저번처럼 늦을지도 모른다는,

사회자의 멘트가 끝나기 무섭게 외투 걸린 방 안의 습도가 올라갔다, 아끼는 여자는 가운데 앉았고, 늦게 온 그는 문가에 잠자코 서 있었다, 아무도 모르지 않을 이유가 개입되어, 회합은 말문을 열지 못하고 있었다, '도덕적 각성과 새로운 시민의식'이란 주제는 서로 간에 깊은 자상을 남겼지만, 토론의 결과는 죽은 이에게 헌정되었다

가공의 현재는 그녀를 버려두었다,

자의식의 유리벽에 수치감이 흘러내렸고, 밀담으로 건네는 그의 눈빛에 속수무책,

지렁이! 닿은 곳마다 침묵이 부어졌다.

빈집

전단지 몇 장이 매달린 채,

몸 뒤집는다

흐린 얼굴 쏟아질 듯 철문을 잡아채는, 맹목이 들러붙어 있다

산다는 말, 느껴진다.

죽음의 극복과 기억의 창조적 힘

– 염창권 제5시조집의 시 세계

황치복 문학평론가

1. 현대시조의 혁신과 여행의 모티프

1990년 〈동아일보〉 신춘문예에 시조가, 1996년 〈서울신문〉 신춘문예에 시가 당선되어 문단에 나온 염창권 시인은 그동안 시집으로 『그리움이 때로 힘이 된다면』을 비롯하여 『일상들』 『한밤의 우편취급소』, 그리고 시조집으로 『햇살의 길』 『숨』 『호두껍질 속의 별』 『마음의 음력』 등을 펴낸 바 있다. 짧지 않은 시간이지만, 그동안 펴낸 시집과 시조집을 보면 시와 시조에서 괄목할 만한 성과를 보여주고 있으며, 또한 이력을 보면 동시와 평론 등 문학의 다양한 장르들을 종횡무진 횡단하면서 활발한 창작 열정을 보여주고 있음을 확인할 수 있다.

다섯 번째가 되는 이번 시조집에서도 시인은 개성적인 어조와 어법을 통해서 새로운 시조의 국면을 개척하고 있다. 작품을 통해서 자세히 살펴보겠지만, 이번 시조집은 기억이 지닌 문제적 성격과 언어에 대한 관심, 그리고 여행과 죽음의 모티프 등이 서로 얽히고설키면서 신선한 시조의 공간을 창출하고 있다. 그런데 본격적인 논의에 앞서 염창권 시인의 시조가 지닌 개성과 혁신에 대해서 미리 언급하고 넘어갈 필요가 있다. 시인의 다양한 이력에서 확인할 수 있듯이 시인은 다양한 장르의 문학적 양식들을 자유자재로 다루고 있는데, 특히 현대시를 창작하는 시인으로서 그의 시조에는 현대시의 발상과 어법들이 틈입해 와서 독특한 시조의 문법을 형성하고 있다. 기존의 시조 문법과 확연히 달라지는 시조의 양상을 다음 작품에서 확인해 볼 수 있다.

입술이 꽃잎처럼 오므렸다 펼쳐진다
이 구멍은 날 끌어, 당기는 표정이다
몇 차례 마음의 공중을 건너온 듯,
붉어져서

눕혀놓은 길 위에서 서성이다,
어둑해진
섬모처럼 조금씩 닳아가는 나날들
모근이 휘어지면서 생각들을 솎아낸다

누구든지 제 생애의 길을 간다,

죽도록

입 안에서 길 하나 쏟아져 나올 때까지

빨대를 꽂아놓은 관管,

내통이 길고 진하다.

    －「칫솔 － 여행자의 골목 5」전문

  아무렇게나 뽑아보아도 염창권 시인의 시조 작품이 기존의
현대시조와 구별된다는 것을 확연히 느낄 수 있거니와 이 작품
역시 시인의 그러한 시조 미학의 혁신과 갱신의 면모를 잘 보
여준다. 먼저 주목되는 점은 구와 구 사이, 그리고 장과 장 사이
에 존재하는 시상의 전개에서 비약과 도약의 정도가 매우 심해
서 그 시상의 출렁거림이 매우 큰 낙차와 진폭을 보여주고 있다
는 점이다. 즉, 입술에서 구멍으로, 그리고 구멍에서 표정, 마음,
길, 나날, 생각, 생애, 관 등으로 이어지는 시상의 전개에서 그
연상의 이질성과 충돌로 인해서 독자들은 거친 파도의 파고를
느끼는 듯한 상상력의 비약을 느끼게 되는 것이다. 비유 또한
생경하고 낯선 사물들의 중첩과 폭력적인 연결로 인해 참신성
을 확보하고 있는데, "이 구멍은 날 끌어, 당기는 표정이다"에서
는 이질적인 구멍과 표정이 결합하고 있으며, "모근이 휘어지
면서 생각들을 솎아낸다"는 구절에서는 쉽사리 결합되기 어려

운 모근과 생각이 강제적으로 묶이고 있다.

기존의 시조와 다른 염창권 시조의 또 다른 특징은 장과 수首의 완결성을 애써 무시하거나 파괴하고 있다는 점이다. 주지하듯이 시조의 형식은 범박하게 말해서 초장에서 시상을 일으키고, 중장에서 그것을 이어받아 전개하고, 종장에서는 전환을 꾀하여 마무리하는 것이 일반적인 규범이다. 그래서 각각의 장은 두 개의 의미 단위인 구가 결합하여 하나의 완결된 시상을 지니고, 그 세 개의 완결된 시상이 결합하여 한 수의 단형시조가 창출되는 것이며, 그것이 두 개 세 개 중첩될 때 연형시조가 형성되는 것이다. 그런데 이 작품을 보면 첫 수의 종장이 율격적으로는 소음보, 과음보, 평음보, 평음보의 종장 구조를 취하면서도 "몇 차례 마음의 공중을 건너온 듯,/ 붉어져서"라고 마무리되어 어떤 의미의 종결을 꾀하지 못하고 있다. 굳이 분석하자면, 중장의 "이 구멍은 날 끌어, 당기는 표정이다"라는 구절이 내용상의 마무리에 해당한다고 볼 수 있는데, 그렇다면 이 첫 수의 중장과 종장은 도치된 것이다. 그래서 의미의 종결은 중장이 담당하고 율격의 종결은 종장이 담당하는 의미와 율격의 미묘한 균열과 긴장이 발생하고 있는 것이다.

또한 둘째 수와 셋째 수의 초장을 보면, "눕혀놓은 길 위에서 서성이다,/ 어둑해진", 그리고 "누구든지 제 생애의 길을 간다,/ 죽도록"이라고 되어 있는데, 초장의 두 번째 구를 분절해서 다른 행으로 분단하고 있다. 그런데 이처럼 형식상의 분절만이 있는 것은 아니며, 내용상으로도 이러한 초장 두 번째 구의 두 번째 음보는 초장의 두 번째 구의 첫 음보와 연결되기도 하지만, 동시에 중장과도 이어진다는 점에서 특징적이다. 즉 "어둑해진"은 "눕혀놓은 길 위에서 서성이다,"라는 구절의 연속이기도 하지만, 또한 "어둑해진/ 섬모처럼 조금씩 닳아가는 나날들"과 연결되기도 하는 것이다. "죽도록" 또한 "누구든지 제 생애의 길을 간다,"는 구절의 연속이기도 하지만, "죽도록/ 입 안에서 길 하나 쏟아져 나올 때까지"라는 형식으로 중장 구절과 연결되기도 한다. 그러니까 염창권 시인의 시조 형식은 단시조를 이루는 각각의 장이라든가 단시조 전체가 어떤 의미의 완결성을 취하지 않고 개방된 구조를 취하는 열린 형식이라고 할 수 있다.

시인은 '시인의 말'에서 "삶의 형상들이 달라져 간다,// 사유 혹은 세계는/ 모습을 바꾸고, 감추기를 좋아한다,/ 그래서 술래처럼/ 이곳저곳 찾아다녔는지 모르겠다"라고 성찰하기도 하고, "무엇을 형성할 수 있을지는/ 언제나,/ 미결인 채로 남아 있다"라고 고백하고 있다. 염창권 시인의 전도와 도치의 시조 형식이라든가, 의미와 율격의 완결성을 거부하는 이러한 시조 형식은 아마도 삶의 형상과 사유와 세계의 무정형성과 가변성, 혹은 미결정성과 중층결정성의 성질을 반영한 형식일지도 모른다. 그런데 '시인의 말'에서 모습을 감추고 바꾸기를 좋아하는 사유 또는 세계를 술래처럼 이곳저곳 찾아다녔다고 고백한 대목도 주목을 요한다. 이번 시조집은 일종의 여행 시집이라고 할 수 있을 정도로 다양한 여행의 경험이 작품의 주요한 모티프가 되고 있기 때문이다. 물론 '여행자의 골목'이라는 연작시조를 통해 우리는 시인의 여행에 대한 충동과 의지를 읽을 수도 있지만, 사유라든가 내면세계에 대한 탐구라는 것도 미시적인 측면에서 하나의 삶의 형상에 대한 여행이라고 할 수 있을 것이다. 시인의 여행 시편들에는 이번 시조집에서 시인의 주된 관심사인 언어의 문제라든가, 죽음의 문제, 그리고 기억의 문제 등이 복잡한 미로처럼 얽혀 있다. 그 양상을 살펴보자.

신어보지 못한 길이 나란히 놓여 있다

배고픈 혓바닥 같은 회색빛 쪼리가 먼지를 탁탁 부쳐대며 다 닳은 길 핥고 간다, 진열된 몇 켤레의 샌들이 나를 본다, 병든 것이 마음인지 너덜대는 육신인지 내 살아온 문수까지 재어보는 표정이다

공복空腹인 혀의 길이 멀다,

또 갈아 신는다.
　 -「가판대 - 여행자의 골목7」전문

"신어보지 못한 길"은 가판대에 놓여 있는 신발의 은유이다.

116

그러니까 신발은 시인이 가보지 못한 길을 함축하고 있는 신비의 대상인데, "배고픈 혓바닥 같은 회색빛 쪼리"라는 표현을 보면, 시인은 가보지 못한 새로운 길에 대한 호기심과 열망으로 가득 차 있다는 것을 알 수 있다. 물론 신발이 길에 대한 은유라는 점에서 그것은 걸어온 길도 함축한다. "내 살아온 문수까지 재어보는 표정이다"라는 구절은 신발이 지니고 있는, 가보지 못한 길로서의 미래의 시간뿐만 아니라 이미 지나온 과거의 시간도 함축한다. 그러니까 신발이 여행을 표상하는 하나의 상징이라고 한다면 그것은 미지의 새로운 세계에 대한 경험의 열망과 함께 이미 지나온 과거의 기억에 대한 재구성이라는 의지 또한 포함하고 있는 것이다.

그런데 이 시조 작품의 중요한 은유는 길이라든가 신발이 '혀'와 긴밀히 결부되어 있다는 것이다. "배고픈 혓바닥 같은 회색빛 쪼리"라는 표현도 그렇지만, "다 닳은 길 핥고 간다"라든가 "공복空腹인 혀의 길이 멀다"라는 표현에서도 길과 신발이 "혀"에 대한 은유라는 것을 발견할 수 있다. 그러니까 신발은 혓바닥이 되어서 길을 핥고 가고 있는 셈인데, 혀가 길을 핥는 것은 그것을 맛보기 위한 것은 아닐 것이다. 혀가 길을 핥는다는 것은 곧 길을 걸으며, 거기에서 만난 삶의 형상, 그리고 사유와 세계의 모습을 묘사하고 표현하고자 하는 열망을 표현한 것이라고 할 수 있는데, 그렇다면 시인에게 여행은 곧 삶과 세계의 형상에 대한 탐구이자 시작詩作의 여정이라고 할 수 있다. 따라서

"공복空腹인 혀의 길이 멀다"라든가 "또 갈아 신는다"는 표현은 시작에 대한 은유적 표현으로서 세계의 참모습에 대한 탐구의 허기와 함께 시 작품을 향한 열망을 담고 있다고 할 수 있다. 그렇다면 죽음과 기억의 문제는 어떨까?

2. 일상적 죽음과 죽음의 의미

먼저 죽음의 문제를 살펴보자. 이 시조집에는 다양한 죽음이 편재해 있다. 시조 작품의 다양한 공간에서 죽음이 우글거리고 있다고 표현할 수 있다. 그만큼 염창권 시인에게 죽음은 일상적인 것이며 보편적이고 편재적인 것이다. 문제는 죽음이란 도대체 어떤 현상이고, 그것이 시인에게 어떤 의미로 수용되며, 어떤 효과를 발휘하는지에 대한 의문을 해결하는 것이다. 하나하나 살펴보도록 하자.

가을은 喪中이었다
검은 구덩이 새로 파였다

여기까지 온 것만도
애썼다, 말 건네듯

저녁은 눈두덩이 부어 한참을 서 있었다.

－「하루」전문

계절의 끝이었을까,
밀어닥친 추위였다

마감일을 넘기고 난 사물들은 풀 죽었다

상처를 꿰매는 실 끝에
상엿소리 따라왔다.
－「부음」전문

　「하루」의 첫 부분인 "가을은 상중喪中"이라는 말은 상식적인
진술이다. 고갈과 조락의 계절이기에 가을은 죽음이 현현하는
계절, 죽음이 그 모습을 드러내는 계절이라 할 수 있기 때문이
다. 이 시에서 그러한 죽음의 구체적 형상으로서 새로 파인 "검
은 구덩이"가 죽음을 대변하고 있는데, 그것은 검은색과 움푹
파인 구덩이라는 형상으로 죽음의 속성을 잘 드러내고 있다. 그
런데 그러한 죽음에 대해 "저녁"은 "여기까지 온 것만도/ 애썼
다, 말 건네듯" 하면서 위로와 애도의 뜻 또한 표하고 있다. 이러
한 구도를 보면 죽음이란 하루가 마감되는 것을 지칭하기도 하
고, 나고 자라고 병들어서 소멸하는 존재의 종결을 의미하기도
하는데, 어떤 것이든 자연의 일부임을 알 수 있다.

「부음」에서 죽음은 "계절의 끝"이라든가 "마감일을 넘기고" 등의 표현들이 어떤 임계점 너머의 현상임을 시사하고 있다. "계절의 끝"이란 "밀어닥친 추위"를 생각해 보면, 봄, 여름, 가을, 겨울의 순환에서 종결점에 해당하는 겨울을 암시하고 있으며, "마감일을 넘기고 난 사물"이라는 표현은 정해진 기간과 한계와 같은 운명의 엄중함 등을 시사한다. 그런데 "상처를 꿰매는 실 끝에/ 상엿소리 따라왔다"는 표현은 의미심장하다. 죽음이 곧 삶의 상처를 치유하고 매듭짓는 최종 심급으로서의 기능을 담당하고 있기 때문이다. 그러니까 죽음은 「하루」에서처럼 삶의 상처에 대한 애도와 위로의 역할을 담당하고 있는 셈이다. 시인에게 죽음이 결코 부정적인 것이거나 낯선 것이 아닐 수도 있는 것이다.

꽃을 본다,
활짝 핀 네 얼굴이 화관을 썼다
눈물 난다,
올 때나 갈 때나 관棺 속 길이니
둥글게 몸 밀어 넣느라, 추운 날 애쓴다

중력장을 벗어나면 시간의 길 휘어진다
물관부가 부풀어 오른 봄밤
관棺 열리자

일순간 우주가 왔다 갔다, 넌 피었다 진 뒤다

까마득히 멀어져 간 행성의 뒤를 따라
빨대를 꽂은 저녁이, 방주가 빨려든다
어둠이 부풀어 오른다, 둥 둥 떠간다.
　－「야외 침낭」 전문

　야외에서 잠잘 때 쓰는 보온용 자루인 침낭이 시적 대상인데,
시인은 이러한 침낭을 보면서 삶과 죽음, 그리고 우주의 존재라
는 다소 형이상학적인 주제에 대해 사유를 전개한다. 어둠 속에
둥둥 떠 있는 "야외 침낭"은 누에고치처럼 한 존재를 감싸고 있
는 하나의 관棺으로 인식되는데, 이처럼 속이 텅 빈 대롱인 침낭
은 시인의 의식 속에서 때로는 시체를 넣는 관棺으로, 혹은 물
과 영양분을 운반하는 물관으로 연상된다. 이러한 맥락에서 시
인은 "올 때나 갈 때나 관棺 속 길"이라는 잠언을 형성할 수 있는
것인데, 이러한 시적 인식에는 삶과 죽음의 길이 그리 멀지 않
다는 인식이 함축되어 있다.
　더욱 문제적인 장면은 "관棺 열리자/ 일순간 우주가 왔다 갔
다, 넌 피었다 진 뒤다"라는 대목이다. 시체를 담는 궤인 관棺이
열리는 시간이 "물관부가 부풀어 오른 봄밤"이라는 점에서 충
격적인데, 가장 생명력이 약동하는 시간에 관을 끄집어내고 있
기 때문이다. 그러니까 물관부가 부풀어 오르는 시간이 바로 관

이 열리는 시간인 셈인데, 그 순간에 우주가 왔다 간다. 이러한 시적 인식은 시각을 거시적으로 넓혔기 때문에 가능할 것이다. 이 시에서 "중력장을 벗어나면 시간의 길 휘어진다"라고 하거나 "까마득히 멀어져 간 행성의 뒤를 따라"와 같은 구절들이 상상력을 지구와 은하를 넘어서는 우주적 차원으로 확대하고 있는데, 이러한 차원에서 보면 한 개체의 삶이나 죽음은 순간적인 사건에 불과할 것이며, 또한 상대적인 차원에 속할 것이다. 그러니까 우리가 한평생을 산다는 것은 봄날 꽃이 잠깐 피었다 지는 것처럼, 혹은 야외에서 침낭 속에 들어가 하룻밤을 자는 것처럼 눈 깜짝할 사이의 사건이며, 비일비재한 사소한 사건일 수 있을 것이다.

작품의 마지막 부분에서는 "물관부가 부풀어 오른 봄밤"과 대조를 이루는 구절, 즉 "어둠이 부풀어 오른다, 둥 둥 떠간다"는 구절이 자리 잡고 있는데, 이러한 대비는 삶과 죽음의 대위법적 구조를 암시해 준다. 삶과 죽음은 언제나 등을 맞댄 채 함께하고 있으며, 우리는 야외 침낭에서 하룻밤을 자듯이 그렇게 삶을 영위하고 있다는 것이다. 이러한 구도에서 우리는 삶을 둘러싸고 있는 것은 죽음이며, 역설적으로 죽음을 배경으로 해서 삶이 성립될 수도 있다는 암시를 읽을 수 있다. 그러나 죽음은 항상 삶을 위협하는 힘이기도 하기에 그것이 결코 달콤하거나 아름다울 수는 없을 것이다.

꽂아놓은 꽃에서 홍어 삭힌 냄새가 났다

가까이 둔 죽음처럼 시간이 시들거렸다

붉은 입, 곳곳에 피어 무섭고도 유독有毒했다.
　－「습관성 이별」전문

창밖으로 겨울새가 빠르게 날아갔다
그 기세로
물갈퀴가 딱딱하게 휘어졌다,
선반에 얹어두었던 약속이 떠올랐다

나는 그 유리창으로 다가가 손을 쬐었다
코호트를 열고 나온 그 표정이 뚜렷해서
성에 낀 얼굴 옆에다 명복, 이라 낙서했다

냉담은 추위를 녹이는 감정이다
울고 싶었으나 차갑게 웃어넘기듯,
물속을 걸어서 오는 죽음의 일상성!
　－「액자 속의 냉담을 보았다」전문

「습관성 이별」에서 주목되는 점은 죽음의 편재성, 혹은 근접

성이다. "꽃아놓은 꽃에서 홍어 삭힌 냄새가 났다"는 구절은 역시 삶과 죽음의 혼재성, 혹은 동시성을 암시한다. 꽃은 향기를 발산하면서 동시에 홍어 삭힌 냄새를 분출하기 때문이다. "가까이 둔 죽음처럼 시간이 시들거렸다"는 표현은 더욱 관심이 가는 대목인데, 죽음이 언제나 가까이 있다는 것, 그로 인해 생동감을 박탈당한다는 것 등의 의미를 시사하고 있기 때문이다. "습관성 이별"이라는 제목을 상기해 보면, "곳곳에 피어 무섭고도 유독有毒"한 "붉은 입"은 이별을 통고하는 '입'이라고 할 수 있으며, 그러한 이별이 죽음을 산출하여 꽃에서 홍어 삭힌 냄새가 나고 시간이 시들해진다는 것을 알 수 있다.

한편 「액자 속의 냉담을 보았다」의 경우 "물속을 걸어서 오는 죽음의 일상성!"이라는 구절이 매우 인상적인데, 죽음을 일상적으로 일어나는 매우 흔하고 진부한 것으로 수용하고 있기 때문이다. 죽음이 이처럼 흔히 발생하는 일상적인 것으로 수용되는 것은 앞서 인용한 시조 작품처럼 죽음이 이별과 같은 사건의 은유적 의미로 수용되기 때문이다. 이 시조 작품에서는 첫 수종장의 "선반에 얹어두었던 약속"이 지켜지지 않는 상황이 그러한 죽음의 내포적 의미를 암시하는데, "성에 낀 얼굴 옆에다 명복, 이라 낙서했다"는 구절에 유의해 보면, 유리창 너머에 있는, 약속을 지키지 않은 사람은 나에게는 죽은 사람, 곧 부재와 결핍을 의미한다는 점에서 죽음의 의미를 추론할 수 있다. 약속을 저버리고 나에게서 떠난 사람은 "액자 속의" 사진과 같이 냉담한 얼굴로 나에게 다가오며, 그러한 심리적 메커니즘 때문에 시적 화자는 "명복"이라고 낙서를 하면서 "죽음의 일상성"을 경험하고 있는 셈이다. 그러니까 염창권 시인에게 죽음이란 단순한 생물학적 죽음에서 벗어나 다양한 인간관계의 파국과 그로 인한 부재와 결핍의 기표이기도 한 것이다. 죽음에 대한 깊은 사유를 담고 있는 작품을 한 편 더 보자.

산 사람은 이사를 하고
죽은 이는 이장을 한다

속이기로 한다면 오늘이 그날이다

달력에 없는 날이니,
넌 울고 갈 것이다

속임수를 알아채는 귀신같은 애인이여

모르는 사이에 바뀌어져 찾지 못하는

숨겨진 슬픔으로 남아
조금씩 더 커가는
 ─「손 없는 날」전문

"손 없는 날"은 민간신앙에서 귀신이나 악귀가 돌아다니지 않아 인간에게 해를 끼치지 않는 길한 날을 의미한다. 그러니까 손 없는 날은 귀신들에게 없는 날처럼 속여서 인간의 편리와 안전을 도모하는 날이다. 세속에서는 이날을 골라 혼례라든가 이사, 개업 등의 중요한 행사를 시행한다. 그런데 더욱 주목되는 발상은 "산 사람은 이사를 하고/ 죽은 이는 이장을 한다"는 구절에 나타나 있는 삶과 죽음의 공존성이다. 물론 산 사람이 이사를 하며 죽은 이를 이장하는 것도 산 사람의 몫이다. 하지만 중요한 것은 산 사람이 이사를 하듯이 죽은 이도 이장을 하면서 자신의 존재 기반을 옮겨서 여전히 존재한다는 것이다. 그러니까 산 사람과 죽은 사람은 함께 공존하면서 생활하는 셈이다.

그런데 헤어진 애인이라면 어떨까? "속임수를 알아채는 귀신같은 애인이여"라는 대목에서 헤어진 애인은 그러한 속임수에 속지 않고 언제나 시적 화자에게 찾아와 영향을 미치고 있음을 알 수 있다. "모르는 사이에 바뀌어져 찾지 못하는"이라는 표현에 주목해 보면, 시적 화자의 속임수를 알아챌 뿐만 아니라 도리어 시적 화자가 자신의 정체를 자각하지 못하도록 숨기면서 찾아오는 것을 추론할 수 있다. 물론 헤어졌기에 애인이 시적 화자에게 찾아오는 것은 "숨겨진 슬픔"으로일 것인데, 그것은 시간이 지나면서도 약화되지 않고 "조금씩 더 커가는" 속성을 지니고 있다. 속임수를 알아채고 귀신같이 시적 화자에게 찾

아오는 헤어진 애인은 이장이 되는 죽은 이와 대위적 구조를 이
룬다는 점에서 죽음의 한 형상이라고 할 수 있다.

그러니까 죽음이란 시적 화자가 상실했지만, 시적 화자에게
영향력을 행사하는 힘으로서의 결핍이라든가 흔적 등을 의미
한다는 것을 알 수 있다. 그것은 과거의 시간에 속해 있기 때문
에 시적 화자가 어찌할 수 없는데, "숨겨진 슬픔으로 남아/ 조금
씩 더 커가는" 것이라는 점에서 여전히 활동하고 있다는 것을
알 수 있다. 아마도 시인이 그러한 힘에 대해 어찌해 볼 수 있는
수단은 기억이라든가, 기억의 기록, 혹은 기억의 재구성으로서
의 언어가 있을 것이다. 시인이 이번 시조집에서 기억과 언어의
세계에 천착하는 모습은 이러한 구도에서 이해해 볼 수 있다.
염창권 시인의 이번 시조집에서 가장 중요한 모티프를 이루는
기억과 언어의 세계에 대해서 접근해 보자.

3. 기억과 언어의 세계

이번 시조집의 가장 중요한 주제가 기억이라고 할 만큼 많은
작품에서 기억의 문제가 직접적인 문제의식이든 간접적인 소
재의 차원에서든 빈출하고 있다. 예컨대 "길바닥을 구르는 신
문 쪼가리 같은 날들/ 스튜디오 'Who am I' 네온 빛 너머에는/
해독이 정지된 언어로 어제들이 걸려 있다"(「간판 - 여행자의 골
목 1」)는 표현을 비롯하여 "눈길 스친 길 건너편에/ 어제가 서 있

다"(「만난 적이 있는」)라든가 "아무도 흉내 낼 수 없는, 그 기억들 속에서"(「언젠가는」) 등 과거의 시간과 기억의 문제는 이번 시조집에서 시인의 의식을 사로잡고 있는 가장 강렬한 영역이라 할 수 있다. 그런데 이러한 기억의 영역은 많은 시편들에서 항상 죽음이라든가 언어의 문제와 결부되어 나타난다는 점이 주목된다. 그 양상을 보면 다음과 같다.

시간의 몰약 같은 강물빛이 고여 있다,

흡혈의 영혼들이 쓰러져 누운
저탄장貯炭場에

네 혀는 검고 말라서, 수유는 길고 진해서
  ─「만년필」전문

점액질이 흐르는 도시의 하복부에서

얼굴 하나 갓 솟은 꽃처럼 떠올랐다, 지하관을 따라가다 모서리를 잃었는지 길바닥을 굴러가는 바퀴처럼 위태했다, 생애의 자궁 속으로 울음을 쏟아붓는

구멍을 매달고 있는 검은 꽃잎, 입술들!

− 「맨홀 − 여행자의 골목 2」 전문

  「만년필」에서 주된 관심의 초점은 만년필의 내용물을 이루는 타르라든가 숯이라고 할 수 있는데, 시인은 이를 "시간의 몰약 같은 강물빛"이라든가 "흡혈의 영혼들이 쓰러져 누운/ 저탄장貯炭場"이라고 비유하고 있다. 그러니까 시인은 정보를 기록하고 언어를 새기는 만년필의 잉크에서 거기에 담겨 있는 헤아릴 수 없는 수많은 시간을 사유하고 있으며, 죽음의 모습을 연상하고 있음을 알 수 있다. 시인은 다른 시편에서도 "기억을 꺼내버린 유기체의 원소들이/ 연료통 속으로 천천히 흘러들 때,/ 조금씩 부스러지며 꺼져가는 감정선!"(「주유소 불빛 아래서」)이라고 하면서 유기체의 잔존물인 석유를 보면서 기억과 감정의 문제를 연상하고 있기도 하다. 그런데 인용한 시편에서 만년필은 시인의 "혀"를 대변해 주는 사물이라는 것을 생각해 보면 그것은 언어를 기록하는 수단이기도 하지만, "흡혈의 영혼들이 쓰러져 누운" 것이라는 점, 혹은 "수유는 길고 진해서"라는 대목과 "시간의 몰약 같은 강물빛" 등의 이미지를 종합해 보면, 단순한 수단에 그치지는 않는다. 그것은 과거의 시간을 응축한 질료이기도 하지만, 시인에게 끝없는 창작의 원천과 에너지를 제공하고 있다는 것을 암시하고 있기 때문이다. 곧 과거의 시간이라든가 죽음, 혹은 그것을 되새기는 기억 등은 시인에게 상상력의 보고로서 영감의 원천을 제공하고 있는 것이다.

「맨홀」의 경우는 물론 과거의 시간이라든가 기억의 문제를 직접적으로 다루지는 않는다. 그런데 도시의 지하를 이루고 있는 관管인 하수구를 "도시의 하복부"라고 비유하기도 하고, "생애의 자궁"이라고 은유하는 것을 보면 이 작품이 어떤 근원이라든가 무의식과 같은 문제를 다루고 있음을 짐작할 수 있다. 그런데 시인은 이러한 비유 다음에 "구멍을 매달고 있는 검은 꽃잎, 입술들!"이라고 하면서 다시금 언어의 문제를 연상시킨다. 물론 맨홀에 대한 비유인 "꽃잎"이라든가 "입술들"이 언어의 영역만을 지칭하는 것은 아닐 것인데, 그것은 생식과 관련되어 있기도 하고, 음식물의 섭취와도 연관되어 있기 때문이다. 하지만 그것이 시인의 주된 관심사인 언어의 문제, 특히 시의 창작과 관련하여 해석할 수 있다면 도시의 지하를 흐르는 하수구가 곧 창작의 원천이라는 시적 구도를 끌어낼 수 있다. 특히 하수구라는 지하관은 "올 때나 갈 때나 관管 속 길"이라는 「야외 침낭」의 구절을 연상시키는데, 이 관管이 관棺과도 통한다는 저간의 사정을 상기해 보면, 죽음, 근원, 무의식 등의 어떤 창조의 원천에 대한 생각을 읽을 수 있다. 그러니까 시인은 「만년필」과 「맨홀」에서 확인할 수 있듯이 죽음이라든가 과거, 혹은 기억 등을 통해서 시적 창조의 영감과 원천을 발굴하고 있는 셈이다.

염창권 시인의 시적 상상력의 영역에서 과거라든가 기억은 대체로 상처와 고통으로 점철되어 있다. 과거의 시간과 기억의 내용이 죽음이라든가 부재, 혹은 결핍과 관련되어 있어서 기억이 페시미즘적인 정조로 물들어 있는 것이 사실이다. 예컨대 "수채통에 쑤셔 넣은 기억들이 일어선다/ 직사각형 세면대에 벌건 피 번져가던/ 고문과 족쇄의 통증이 무릎 아랠 훑고 간다"(「세면대」)에서처럼 기억은 고통과 상흔을 상기시키는 매재인 경우가 많다. 하지만 "길바닥에 흘리고 온 발자국은 멀어졌다/ 구두를 벗은 말들이 씨앗처럼 쏟아졌다"(「그곳으로 돌아온, 그는」)와 같이 기억은 말들의 씨앗이 숨어 있는 곳이며, 어떤 계기를 만나면 그것은 쏟아져 나온다. 그러니까 말들의 씨앗이 발아한 것이 염창권 시인의 시조 작품이라고 한다면 그것은 기억이라는 고통과 상처의 영역을 애도하고 위로하는 기제라고 할 수 있다. 다음의 작품처럼 말이다.

길가에 서 있던 공중전화, 이제 없다
떼어낸 자리에는 파스를 붙인 듯이
회칠된 사각의 공란,
그런 기억 겹겹이

시차를 건너와서 내 몸에 기대일 때,
통신선을 따라갔던 아물지 못한 종적이
아프게 또 왔다가 간다,
점선으로 이은 곳에

눈발이 붐비고 있었는데, 그 불빛 밑
슬픔을 켜놓은 상자 안에서, 수화기가
매달려, 안 보이는 말을 공중에 쏟는다.
　　－「공중전화」 전문

　"통신선을 따라갔던 아물지 못한 종적"이든가 "슬픔을 켜놓
은 상자 안" 등의 표현에 주목해 보면, 공중전화는 어떤 대상과
소통하려고 시도했으나 끝내 실패하고 만 기억을 내포하고 있
는 대상이다. 그것은 사랑하는 사람이라 추정되는 사람과 소통
하지 못하고 이별을 맞이했던 과거의 기억을 고스란히 응축하
고 있는 기제이기도 하다. 그런데 이제 그것마저 없어졌다. 하
지만 기억은 그것이 있었다는 것, "회칠된 사각의 공란"을 통해,
즉 부재와 결핍을 통해 존재한다는 것을 인식한다. 그러니까 기
억이란 부재를 통해서 더욱 생생히 과거의 시간을 환기하는 힘
을 지니고 있기도 한 것이다.
　물론 기억의 내용은 비극적이고 부정적인 것이다. "슬픔을
켜놓은 상자"라는 표현이 그것을 암시하고 있으며, 거기에 "매
달려" 있는 "수화기"가 더욱 그러한 슬픔과 안타까움을 강조하
고 있다. 그런데 그 수화기는 "안 보이는 말을 공중에 쏟는다."
공중전화기에 매달려 있는 수화기가 공중에 쏟아내고 있는 말
은 시적 화자의 기억과 상상력이 재구성해 낸 말들일 것인데,
그 말이 시적 화자에게 과거의 상처와 고통을 위로하고 애도할

내용일 것이라는 점은 쉽사리 추론할 수 있다. 염창권 시인의 시조에서 대부분 기억은 아픈 과거의 경험을 함축하지만, 그것이 말이 되어 쏟아질 때는 그러한 고통이 숙성되고 발효되어 통제 가능한 과거가 되어 있기 때문이다. 염창권 시인의 시에서 기억은 수시로 시적 화자를 엄습해 오는 불의의 충격이자 힘이기도 하지만, 시인의 일상을 지탱하고 떠받치는 근거가 되기도 하는데, 다음 작품에서 이를 확인할 수 있다.

돌아보는 날 많아진다, 갈수록 더 그러하다

묵중한 잿빛 행렬이 마음을 끌어당긴다. 양팔에 긴 철선을 꿰어서 잇댄 것이 죄수가 아니면 수도승 무리 같다. 평원 지나 거친 숲에 솟아오른 발목들 수천이 모여 묵묵히 도열을 시작했던

발원지의 너, 라는
낙차 큰 발전소, 감당 못 할 수량에 수직 허공이다

거듭된 추락 앞에서

일몰 또한 벅차다.
　－「송전탑 – 여행자의 골목 6」 전문

시적 메시지는 비교적 단순명료해서 나이가 들수록 지나온 과거를 회상하는 일이 많다는 것, 그리고 그러한 과거의 추억은 이별과 상처로 점철되어 있다는 것, 그래서 그것은 "묵중한 잿빛 행렬"로 수용된다는 것, 그리고 무엇보다 그 상처와 고통의 근원에는 나의 삶에서 멀어져 간 "너"가 자리 잡고 있다는 것 등이 대략적인 시적 개요이다. 그러니까 "발원지"인 "너"로 인해 "감당 못 할 수량"의 추락을 경험하게 되었다는 것, 그리고 그러한 경험은 "수직 허공"을 비상하는 것과 같은 아찔하고 아득한 경험이었음을 고백하고 있기도 하다. 그런데 "거듭된 추락"이라는 구절을 음미해 보면, 그러한 추락이 일회적 사건이 아니라 끊임없이 재발하는 누적적 경험이며, "일몰 또한 벅차다"는 진술을 보면 그러한 경험이 언제나 감당하기 버거운 것임을 알 수 있다.

그런데 다시 한번 시적 구도를 복기해 보면, "너"라는 존재가 "낙차 큰 발전소"의 발원지라는 것, 그리고 너라는 발원지에서 발원한 수량의 수직 낙하로 인해서 전기가 생성된다는 것, 그리고 "양팔에 긴 철선을" 꿴 "평원 지나 거친 숲에 솟아오른 발목들"인 송전탑은 전기를 공급하고 있다는 것 등을 재구성할 수 있다. 그러니까 시간이 지나 되돌아보면 '너'가 근원이 되고, 발원점이 되어서 전기를 생성하고 그것을 송전탑이 전송하는 역할을 담당하고 있다는 것을 알 수 있다. 그런데 위에서 언급한 것처럼 '너'는 거듭된 추락을 경험하도록 하는 기제이며, 감당

하기 어려운 격한 감정의 요동을 야기하는 요인이기도 하다. 그러니까 너는 나에게 아픔과 고통의 근원이기도 하지만, 또한 삶의 에너지를 제공하며 나를 떠받치는 역할을 하기도 하는 것이다. 여기서 '너'가 기억의 영역을 대변한다는 것을 상기해 보면, 기억이야말로 낙차 큰 발전소의 발원지로서 삶의 에너지를 제공한다는 시적 메시지를 확인할 수 있다.

기억이 하나의 발전소로서 삶의 원천이자 원동력을 제공한다는 이러한 시적 구도는 단순히 과거 회귀적인 삶이나 퇴행적인 삶을 지향하는 시적 의식을 함축하는 것은 아니다. 이 글에서 충분히 논의된 것은 아니지만, 과거의 기억이 삶의 원천이 될 수 있다는 것은 과거가 지닌 아픔과 고통, 죽음과 상처를 불러내서 그것을 위로하고 아직도 남아 있는 원한에 대한 해원解冤의 열망이 삶을 추동하고 있음을 의미하기도 한다. 이러한 사실은 「만년필」 등의 작품에서 죽음으로 하여금 말하도록 하고, 과거의 기억에서 말들의 씨앗을 발견하려는 시인의 노력에서 엿볼 수 있다. 이러한 논의는 염창권 시인의 시를 해명하는 중요한 관점이라 생각되지만 아마도 한 편의 다른 글을 준비해야 할 정도의 과제라고 생각된다. 이 글에서 미처 집중적으로 조명하지 못했지만 '관棺'의 이미지에 대한 분석 또한 염창권 시인의 시 세계를 이해하는 데에 중요한 시금석이 될 수도 있을 것이다.

4. 새로운 시조의 가능성

　이상에서 우리는 염창권 시인이 형식적인 면에서 시조의 형식을 갱신하고 있으며, 그 시의식에서는 여행이라든가 죽음, 그리고 기억이라든가 언어의 문제를 천착하고 있음을 확인할 수 있었다. 무엇보다 시상의 비약과 날카로운 이미지의 충돌 등이 아방가르드적인 현대시의 양상에 버금가고 있다는 점에서 시조의 면모를 일신하고 있다는 점이 주목된다. 형식 또한 개방적이고 열린 형식을 통해서 시조가 어떤 정해진 명제나 교훈을 전달하는 계몽적인 양식이 아니라 비정형의 실존적 문제에 천착하는 탐구로서의 형식일 수 있음을 실증하고 있다는 점에서 그 혁신의 가치를 인정할 만하다.

　죽음과 기억, 언어의 문제에 대해 천착하는 시인의 시조 작품들은 그 시적 사유의 깊이와 개성이 빛을 발하고 있는데, 죽음이라든가 기억이 과거의 상처와 고통으로 점철된 경험에서 야기되는 것임을 확인할 수 있었다. 그러한 죽음이라든가 기억은 곧 시인의 일상에 힘과 에너지를 제공하는 삶의 원천으로서의 역할을 담당하고 있는데, 죽음과 기억에 대한 몰입이 과거에 집착하거나 회고적인 태도로 일관하는 퇴행적인 삶의 일면을 표상하는 것은 아니었다. 그것은 고통과 상처로 점철된 과거로 하여금 발언하도록 하고, 그리하여 그것들의 한과 원망을 해소하고자 하는 열망이 작동하는 것처럼 보인다.

염창권의 시조 작품이 비약과 도약, 간극과 균열의 시상을 지향하는 현대시적 기풍을 수용한 것이기에 아마도 모호성과 난해성의 시비에서 자유롭지 않을 것이다. 좀 더 명료한 시적 이미지와 명증한 시적 논리에 대한 갈증도 있을 수 있다. 하지만 탐구로서의 시조를 지향하는 시인이기에 이러한 논란은 크게 문제 되지 않을 수도 있다. 우리는 염창권 시인이 설정한 방향성을 견지하면서 좀 더 깊이 파고들고 좀 더 멀리 나아가서 새로운 시조의 문법과 사유의 공간을 확보해 나갈 것을 응원하고자 한다.

오후의 시차

—

초판 1쇄 2022년 11월 15일
지은이 염창권
펴낸이 김영재
펴낸곳 책만드는집

—

주소 서울 마포구 양화로3길 99, 4층 (04022)
전화 3142-1585·6
팩스 336-8908
전자우편 chaekjip@naver.com
출판등록 1994년 1월 13일 제10-927호
ⓒ 염창권, 2022

—

* 이 책의 판권은 저작권자와 책만드는집에 있습니다.
  이 책 내용의 전부 또는 일부를 재사용하려면 양측의 동의를 받아야 합니다.
* 잘못 만들어진 책은 구입하신 서점에서 바꾸어 드립니다.

—

ISBN 978-89-7944-818-4 (04810)
ISBN 978-89-7944-354-7 (세트)